16	3	2	13
5	10	11	8
9	6	7	12
4	15	14	1

ALBERTO MARTINS

VIOLETA

uma novela

editora 34

EDITORA 34

Editora 34 Ltda.
Rua Hungria, 592 Jardim Europa CEP 01455-000
São Paulo - SP Brasil Tel/Fax (11) 3811-6777 www.editora34.com.br

Copyright © Editora 34 Ltda., 2023
Violeta: uma novela © Alberto Martins, 2023

A FOTOCÓPIA DE QUALQUER FOLHA DESTE LIVRO É ILEGAL E CONFIGURA UMA
APROPRIAÇÃO INDEVIDA DOS DIREITOS INTELECTUAIS E PATRIMONIAIS DO AUTOR.

Imagem da capa:
Alberto Martins, xilogravura da série Cais, *1999 (detalhe)*

Capa, projeto gráfico e editoração eletrônica:
Franciosi & Malta Produção Gráfica

Digitalização e tratamento das imagens:
Cynthia Cruttenden

Revisão:
Cide Piquet, Danilo Hora, Fabrício Corsaletti

1ª Edição - 2023

CIP - Brasil. Catalogação-na-Fonte
(Sindicato Nacional dos Editores de Livros, RJ, Brasil)

Martins, Alberto, 1958

M386v   Violeta: uma novela / Alberto Martins
— São Paulo: Editora 34, 2023 (1ª Edição).
144 p.

ISBN 978-65-5525-145-6

1. Ficção brasileira. I. Título.

CDD - B869.3

VIOLETA

O desembarque	11
A aventura	23
Os canais	57
Zenaide	69
A intervenção	79
A *Pulga*	121
Pós-escrito	135

para Gô, à espera de novas viagens

"Uma história bem inventada não precisa se parecer com a vida real; a vida já tenta com todas as forças parecer-se com uma história bem inventada."

Isaac Bábel

O DESEMBARQUE

Encontrei os papéis de meu pai num estado bastante caótico. A primeira leva chegou às minhas mãos por intermédio de Fausto Pires de Campos, enteado de Gastão, o amigo de meu pai a respeito de quem já escrevi em outra oportunidade. Entre um amontoado de rabiscos, desenhos, recortes de livros e jornais, topei com uma filipeta do Grêmio Recreativo dos Portuários de Santos que anunciava, numa noite de maio de 1947, a estreia da comédia *A Pulga*.

Foi esse o grande salto da vida artística de meu pai. Entre os trinta e os quarenta anos, encontrou naquela companhia teatral em formação uma oportunidade para colocar em prática sua vocação para a pintura, até aí confinada aos sábados e domingos pela manhã. A filipeta informava que *A Pulga* era uma livre adaptação da peça *Klop*, de V. Maiakóvski, com direção de P. Bierezín. No verso, em letras miúdas, havia uma sequência de nomes; arrematando a ficha técnica constava o de meu pai, ao lado da rubrica "cenografia e iluminação".

Sentado numa mesa de canto do El Morocco, Gastão me disse que a princípio encarou com desconfiança aquele personagem gorducho, de óculos redondos e gravata borboleta que desembarcou por aqui alardeando ser amigo de Maiakóvski e Meyerhold, íntimo de Mandelstam e Pasternak, e ainda dava a entender que guardava cartas pessoais de Marina Tsvetáieva, as quais nunca mostrava em respeito à poeta. O currículo era tão impressionante quanto inverossímil. Mas a verdade é que naquela época, um ano depois da guerra, numa cidade de porto da América do Sul desembarcava todo tipo de gente. Havia os de bolso furado e os que traziam barras de ouro costuradas na gola do casaco. Papéis, passaportes, salvo-condutos não queriam dizer muita coisa. Uma assinatura, um carimbo reconhecível no alto da página e o ar de ter sobrevivido a uma longa viagem de navio, isso dava para as formalidades.

"A verdadeira triagem", prosseguiu Gastão, "era feita depois." Seus critérios: o hotel em que você se hospedava, o restaurante em que fazia as refeições, o fato de ser entrevistado por alguém importante na sala ou no corredor, e então a prova final, as famílias santistas que o recebiam para jantar. Bierezín inovou em todos esses quesitos. Hospedou-

-se num hotel do centro, longe da praia, e fazia suas refeições no entorno da rua XV, onde giravam as negociações
de café. De noite, podia ser encontrado nas boates do porto, onde a exuberância dos espetáculos retemperava o seu
espírito de homem de teatro. Soube travar as relações ne-
cessárias e em pouco tempo seu nome era pronunciado
com respeito nos corredores da Rádio Atlântica, para a
qual concedeu uma entrevista memorável, ainda que um
tanto macarrônica.

Bierezín tinha seus trunfos.

Contava com um corpanzil de urso, uma agilidade de gato e com Violeta, uma sobrinha graciosa que falava várias línguas e saía em seu auxílio cada vez que ele tropeçava num jogo de palavras que não conseguia verter nem para o francês nem para o espanhol. A infância em Odessa, a juventude em Petersburgo, o encontro com Górki, seu engajamento na arte revolucionária, a descoberta do teatro — nesse momento os nomes de Meyerhold, Maiakóvski, Maliévitch, Khliébnikov, Tarabúkin e uma infinidade de outros pareciam despencar do céu, pendurados na ponta de uma hipnótica corrente de prata que ele fazia questão de ostentar, movimentando-a de um lado para o outro na cara dos ouvintes. Depois vinham as guinadas da revolução, a luta pela sobrevivência, o encontro miraculoso com a sobrinha, a viagem para o Cáucaso, a fuga via Istambul, o trabalho no comércio, o exílio definitivo, a América, o Uruguai e, sempre, o teatro.

Conversar com Bierezín era como presenciar um exímio alfaiate cortando o pano diretamente sobre o corpo do cliente. Qualquer peça de roupa podia dobrar de tamanho ou ser subitamente reduzida, conforme as necessidades do momento. Datas, fatos, cidades vinham embrulhados num tecido leve, quase transparente, através do qual as pessoas e os acontecimentos surgiam desfocados pela guerra, pelos dissabores que sofrem aqueles que são obrigados a deixar seu país, mas eram resgatados, no final da conversa, pela energia, a operosidade, a infindável *joie de vivre* de Piótri.

"O russo era pernóstico, mas sabia o que estava dizendo", resmungou Gastão, observando o copo cheio de conhaque até a borda. Logo foi convidado pela *Tribuna* para escrever uma série de artigos sobre o teatro de vanguarda na Rússia (alguns deles seriam republicados nos anos 60, quando Geraldo Ferraz voltou a trabalhar na redação do jornal) e isso selou definitivamente o ingresso de Piótri Bierezín na cena cultural de Santos.

A Tribuna, sexta-feira, 19 de abril de 1946

Encontra-se hospedado no Hotel Central, o senhor P. P. Bierezín, que chegou a nossa cidade proveniente de Montevidéu a bordo do vapor Pietrina, *no dia 29 de março. Conhecido por sua atuação no ramo dos produtos agrícolas, o senhor Bierezín também desenvolveu um importante trabalho de renovação da cena cultural rio-platense. Transferindo suas atividades para o porto de Santos, ele pretende consolidar suas relações comerciais com o Brasil e tem planos de lançar uma Companhia de Teatro do Litoral para a qual desde já procura reunir técnicos e atores. Os interessados — que não precisam ter experiência anterior — devem marcar uma entrevista no saguão do Hotel Central, Praça Barão do Rio Branco, 32, de segunda a sábado, entre as 18 e as 20 horas. O Pietrina seguiu viagem no último dia 14, com destino a Galveston, fazendo escalas no Rio de Janeiro, Recife, Paramaribo, Caracas e Vera Cruz.*

Meu pai levava então uma existência irreal mas cheia de planos, espremida entre o batente na prefeitura e as mesas do Café Paulista, onde passava horas despejando ideias que ninguém tinha certeza se eram brilhantes ou absurdas.

Assim que Gastão leu a notícia da chegada de Bierezín e seu projeto de formar uma companhia teatral, dobrou o jornal e foi procurar meu pai. Encontrou-o no café de sempre, engolindo um alka-seltzer no intervalo do trabalho.

Gastão afastou o copo, abriu a terceira página em cima do balcão e os olhos de meu pai saltaram como saca-rolhas. O que era aquilo, repetia, agora sim é que sua vida ia deslanchar de verdade! E soava tão animado, tão divertido na descrição que Gastão me fez daquela manhã que, por um momento, tive a impressão de que ele (que eu imaginava de costas, debruçado no balcão) estava prestes a se virar para mim e começar a falar:

A AVENTURA

Os ensaios aconteciam num galpão da rua General Câmara, a três quadras do cais. Na parte da frente funcionava uma loja de ferramentas, e um corredor lateral a céu aberto dava acesso a um enorme salão nos fundos do prédio. O proprietário lutava há tempos contra ratos e morcegos e se dispôs a ceder o espaço por uma ninharia, desde que fizéssemos a faxina.

Violeta, eu, Renato e Amadeu (esses dois haviam ingressado no grupo antes de mim) avançamos com panos, baldes e vassouras enquanto Piótri testava a acústica das paredes, declamando Shakespeare em russo com sua voz de barítono, cheia de sutilezas.

A lâmpada que pendia do teto não era suficiente para espantar o breu e precisamos voltar com velas e lanternas. À medida que nos embrenhávamos por entre as colunas, debaixo das grossas vigas de madeira, deu para perceber que o prédio inteiro fora um antigo armazém, por isso não tinha janelas, só umas aberturas para ventilação no alto das paredes.

Piótri achou a escuridão propícia. Violeta descobriu um muro encharcado, que não parava de minar água — ali brotavam avencas, samambaias, marias-sem-vergonha — e pediu que ninguém secasse aquilo: o muro ia ser uma espécie de jardim encantado, sujo mas encantado, nos fundos do nosso galpão. E eu, revirando uns caibros empilhados contra a parede, topei com uma escada estreita e bamba que levava a outro patamar, uma espécie de mezanino erguido junto à armação do telhado.

Subi devagar, com medo de pisar numa tábua apodrecida, mas vi que a coisa não estava tão mal assim. Com jeito, era possível lançar mais algumas passarelas, instalar roldanas para subir e descer a lona do cenário, e até montar um quartinho lá em cima — um posto avançado de observação.

O princípio de tudo são a voz e o corpo do ator. Todos os objetos e recursos cênicos, incluindo sonoplastia e iluminação, só devem participar dos ensaios quando solicitados pela necessidade interior dos atores na composição dos personagens.

Esse era o credo de Bierezín — e enquanto ele repassava o texto lá embaixo, caminhando sobre um estrado de madeira que o protegia da umidade que subia do chão, tive bastante tempo para me instalar no mezanino. Levei uma cadeira e uma tábua para servir de bancada, fiz aberturas no telhado e instalei duas claraboias: uma dava para o porto, a outra para a Serra do Mar.

Comprei cartões e guaches, e me entreguei à pintura. Primeiro fiz cenas e retratos de imaginação achando que poderiam ajudar na caracterização dos personagens (e que Piótri gostaria disso). Depois me distraí com as nuvens atravessadas em cima do canal. Comecei a notar suas cores, simplesmente as cores, como elas variavam do centro para as bordas, e fiz vários estudos nesse sentido, mas era praticamente impossível reproduzir tantas tonalidades. Então resolvi pintar o céu como se fosse uma extensa praia, com areia transbordando por todos os lados — num canto era miúda e clara, lembrava grãos de mica, no outro, a areia engrossava, adquiria um tom cinza escuro que puxava num ponto para o vermelho, noutro para o amarelo, mas esse efeito durava só um segundo, logo a nuvem se desmanchava e eu me via de novo diante da praia deserta, suspensa sobre as águas do estuário.

Fiz uma série de tentativas (um punhado de manchas, na verdade) e voltei aos meus retratos de imaginação. Para minha surpresa, foi das manchas que Piótri mais gostou. Como nuvens, não eram nem um pouco convincentes, mas ele as achou intrigantes, e sugeriu que eu continuasse com os estudos de tom e não tivesse medo de usar o branco e o preto puros. Não estávamos em busca de reproduzir a realidade e sim de criar novas escalas de valores, disse, e o branco e o preto puros, por serem extremos, eram como faróis, podiam servir de baliza para as outras cores. No dia seguinte, ele me trouxe uma revista com os quadrados pretos de Maliévitch.

Céu de pré-tempestade. Uma areia molhada varria o ar acima do canal. Esticando o pescoço, eu conseguia enxergar um bom trecho do estuário e uma faixa de cais com navios, armazéns, guindastes imóveis e também um grupo de trabalhadores reunidos num pátio, as mãos erguidas em deliberação.

Peguei o lápis e tentei colocar tudo o que via numa folha, mas sempre ficava alguma coisa de fora. Experimentei mudar de lápis, calcar forte o papel e tratar cada elemento de forma isolada, independente — mas isso também não resolveu, os desenhos continuavam a sair chochos, sem vida. Cansado de insistir, me larguei na manta de couro que eu arrastara até lá em cima e fiquei olhando o teto, aquele intrincado encaixe de tesouras, provavelmente talhadas à mão no início do século. Tive sorte: Piótri apareceu pouco depois para conversar. Ainda ofegante, começou a examinar os desenhos; ficou quieto, foi até uma das claraboias, debruçou-se no parapeito e ficou olhando o porto lá fora. Um segundo depois desandou a falar sobre a atmosfera única das cidades portuárias — Riga, Odessa, Marselha, Montevidéu — e o que significava viajar, passar semanas num mar vazio, nada além de céu e água salgada, e um dia enxergar uma sombra, um perfil de cidade, a beirada de um cais. Daí fez um sinal e chamou minha atenção para um pequeno rebocador cor de carvão que se deslocava rente ao casco de um cargueiro enorme, auxiliando nas manobras. Ficamos calados, observando o giro pesado e lento do navio, até que Piótri se voltou para mim (nessa hora achei que finalmente ele ia comentar os meus desenhos) e começou a falar sobre as cordas no porto; de como elas podem passar dias enroladas sobre si mesmas e, de repente, de um momento para o outro, quando arremessadas do cais para um navio, alcançam a tensão máxima em questão de segundos — então, com um gesto largo que pareceu abarcar todo o estuário, Piótri sugeriu que, ao desenhar o espaço, eu prestasse atenção ao tempo: o tempo dos navios, o tempo dos guindastes e o tempo daqueles homens que agora se dispersavam em pequenos bandos, correndo da chuva grossa que começava a cair na avenida portuária.

Compreendi que, se queria levar a pintura a sério, teria de me esforçar muito. Comecei a acordar mais cedo e, antes de sair para o trabalho, fazia estudos de cor que à noite retomava e aprofundava. Na hora do almoço saía sozinho, tomava a barca atrás do prédio da Alfândega e ia procurar beleza na ferrugem encardida das balsas, no metal gasto dos ancoradouros, no preto opaco e fechado dos cargueiros. Depois do trabalho, pintava febrilmente até de madrugada e já não saía como antes. Os amigos estranharam meu sumiço. Só Gastão e Zenaide, a quem eu volta e meia visitava na clínica, sabiam alguma coisa da vida que eu levava.

"Old Copenhagen, Vagalume, Casablanca", Gastão citava de memória uma lista inacreditável de bares. "Las Vegas, Île de France, Flamingo, American Star, Montecarlo, La Barca, Sweden, Hellas, Patsa, Zorba, Akrópolis, Papa Jimmy, Moby Dick, Swomi, Seaman's House, Midnattsolen, Porto Rico, Universal, Scandinávia, Tai Pin, Chão de Cristal, Cassino Night Club, Bamako Night Club, Battan, A Tasca, Hamburg Bar, Bergen Bar, Zanzibar, Pan-American, Flórida, Night and Day, Cha-Cha-Cha, Bar Paris, Oslo, Tivoli, Reeperbahn, El Congo, Braço de Ouro, Lucky Strike, Simphony, Samba-Danças e Chave de Ouro, também conhecido como Golden Key."

"Foi uma sorte", disse ele, apontando para o único vidro bisotado que restava no El Morocco, "dos outros não sobrou nem isso."

Gastão falava como se me desse uma aula.

Durante mais de cinquenta anos a cidade de Santos tinha abrigado, no polígono irregular formado pelas ruas Amador Bueno, Constituição e Xavier da Silveira, uma das maiores concentrações de vida noturna da América do Sul. Enquanto no Rio de Janeiro o grosso da prostituição tinha se fixado junto aos trilhos da Central do Brasil, longe do mar, em Santos só algumas dezenas de metros separavam a escada de um navio do balcão da primeira boate.

Na Xavier da Silveira, rente aos silos do Moinho Santista, a noite se abria em festa — um esfuziante carrossel iluminado, onde quem girava não eram cavalinhos e sim marinheiros, turistas, comissários, contrabandistas, curiosos, uma infinidade de gente de todos os sexos, de todas as classes, que enchia as ruas de gritos e risadas e seguia noite afora, de bar em bar, atraída pelos neons, as orquestras e as promessas de felicidade.

Na adolescência essa felicidade me enchia de medo, e contei a Gastão sobre a única vez em que fui até a Boca com um bando de amigos. Saímos de casa às onze e meia e cruzamos a cidade em direção ao centro; as ruas comerciais, um formigueiro durante o dia, tinham virado um deserto de vitrines apagadas. O táxi enveredou pela General Câmara e, quando nos largou na esquina do porto, o quarteirão inteiro explodiu num clarão vermelho e amarelo, seguido por uma rajada de fogos de artifício que talvez só tenham existido na minha imaginação.

Entramos no primeiro bar e as guinadas violentas da música grega magnetizaram meus ouvidos. Fiquei imóvel junto ao balcão, tentando absorver o movimento dessincronizado das luzes e das bailarinas, que pareciam dar chicotadas no ar da boate, àquela altura cheia de marinheiros holandeses. Então meus amigos vieram me chamar. Já eram três da madrugada, estava na hora de voltar.

Isso foi tudo o que aconteceu comigo na Boca, mas sei que à minha volta aconteceram muitas coisas. Gastão confirmou que a música grega tinha mesmo um efeito hipnótico, sobretudo quando se era exposto a ela muito jovem e pela primeira vez. Disse que, na maioria dos bares, os ritmos gregos eram mais tocados do que o samba e os hits da música norte-americana, mas era essa mistura inigualável ("não só de sons", ele frisou) que enlouquecia a cabeça dos estrangeiros — e, virando mais um copo, garantiu que, na metade do século XX, cada vez que os navios cruzavam o Equador e apontavam para a costa brasileira, marinheiros da Noruega e das Filipinas, da China e do Canadá urravam a bordo, ansiosos para conhecer aquele porto que se tornara uma das zonas de prostituição mais celebradas do planeta.

Nada disso, pelo que me disse Gastão, interferia na rotina de ensaios do galpão da rua General Câmara. Pontualmente, das sete à meia-noite (até essa hora a algazarra não chegava a atrapalhar), os atores estudavam o texto sob a direção de Bierezín, meu pai retomava os esboços feitos pela manhã e praticava com lâmpadas e refletores para se tornar um bom iluminador — isto é, tão bom quanto um verdadeiro amador pode ser. Perto da uma, tio e sobrinha voltavam para o hotel e os outros esticavam no Flamingo, no Chave de Ouro ou, se tinham algum dinheiro, aqui mesmo no El Morocco.

"O ponto de virada", disse Gastão limpando com a manga um tanto de conhaque derramado no tampo da mesa, "foi quando Raul e Violeta se conheceram."

Algumas semanas depois Piótri me disse que o grupo tinha entrado numa nova fase de trabalho, que as leituras estavam se tornando verdadeiras encenações e sugeriu que lá do mezanino (do "aeroplano", ele dizia) eu acompanhasse o trabalho dos atores, tentando dar cor e forma às suas palavras.

Com a cabeça e os sentidos despertos, apanhei a prancheta, os lápis de cor e não duvidei nem por um segundo de que seria capaz. Mas as vozes dos atores chegavam lá em cima sem casca e sem caroço, como que doentes de bolor. Procurando ouvir melhor, me equilibrei junto à armação do telhado até que, num determinado ponto, com um pé apoiado numa viga e o outro pendurado no ar, percebi que ali sim, as palavras me atingiam por inteiro, ainda recendiam a musgo, mas também a sal, a pedra, a prego enferrujado, a tijolo, a café e maresia.

Sentado a cavalo numa das tesouras do teto, passei a acompanhar com mais liberdade a movimentação dos atores lá embaixo e suas frases que subiam por entre as traves de madeira, umedecidas pelo calor. Comecei a desenhar e então me pareceu que todas as palavras podem atravessar ciclos de chuva e estiagem, ter febre, gripe, resfriado, sofrer períodos de insolação e outros de precipitação excessiva. Me pareceu que todos os regimes climáticos podem ser associados a uma palavra e à voz que a pronuncia — até ouvir Violeta.

Quando ela começou a falar, a princípio num português inseguro e anasalado, mas depois abrindo e clareando cada vez mais as vogais, percebi que aquela voz trazia consigo uma amplitude térmica desconhecida.

Dali de cima eu tinha uma visão geral do galpão, e vi que a voz de Violeta não cabia naquele espaço e não caberia nunca no diagrama colorido que eu tentava traçar no papel. Aquela voz não era uma figura, não era sequer uma linha. Ao contrário: ela raspava, rasgava, furava e perfurava várias camadas de uma vez. Aquela voz parecia abrir caminho e transbordar para dentro, para cima, por baixo, dilatando as paredes, esfarelando os tijolos, destelhando parte da cobertura e saltando para o beiral, onde começou a deslizar pelo rufo que eu tinha improvisado para recolher a água da chuva, aí deu a volta no prédio e tornou a soar lá atrás, pingando num buraco insalubre, rodeado de lajotas, que armazenava a água que porejava da parede, no fundo do galpão.

Os estivadores tinham programado uma grande marcha que sairia das docas quinta-feira na hora do almoço para se concentrar na Praça Mauá, diante da prefeitura. Prevendo a paralisação do centro da cidade, o prefeito decretou feriado no serviço público e eu, em vez de me juntar aos manifestantes (o que fazia ocasionalmente), pedi a Violeta que realizasse uma leitura só para mim. Na hora combinada, ela preferiu deixar o texto de lado e me convidou para tomar um café.

Nessa época eu trabalhava das nove às cinco na prefeitura. De manhã classificava despachos; de tarde atendia o público, tomava litros de água, ia ao banheiro com frequência e tentava sem muito empenho flertar com a ascensorista. Quando, no final do café, Violeta propôs voltar para o galpão e iniciar a leitura, desconfiei que algo de grave estava a ponto de acontecer na minha vida, só não sabia o que era nem o que fazer com isso — e a única coisa que me ocorreu responder foi *sim*.

Descobri que havia uma afinidade entre a voz cinza-
-veludo de Violeta e o muro que minava água no fundo do
galpão. Cada vez que olhava para ele uma coisa nova parecia ter acontecido: o musgo prateado continuava a se alas-
trar e fez uma cama para a renda-portuguesa, parte do re-
boco despencou e no tijolo cru rebentava um cogumelo ro-
sa e branco, perto do tanque a avenca derramada é uma
cascata verde que chora.

Na semana seguinte copiei para Violeta dois trechos do seu verbete no dicionário de Rafael Bluteau:

VIOLETA, ou viola. Flor composta de cinco folhas roxas, ou de um azul tirante a negro. Sai de uma planta humilde, que deita folhas redondas, largas, como as da Malva, e adentadas nas suas extremidades. Escreve Mathiolo que no vale de Anania, além da cidade de Trento, se veem no mês de Abril violetas brancas e sem cheiro em tão grande quantidade, que vistas de longe parecem panos de linho que cobrem o campo. Acrescenta este Autor que no monte Baldo, pouco distante da cidade de Verona no Estado de Veneza, há uma espécie de violetas que nascem de um arbusto ou arvorezinha que tem alguns quatro metros de alto, e que no condado do Tirol tem visto outras de cor purpúrea, tão guarnecidas de folhas como as rosas dos nossos jardins. Também há uma violeta de mar, a que os médicos chamam medium. *A urina dos que têm comido terebintina tem cheiro de violeta. Fazem-se conservas e xaropes desta flor. No livro 21, capítulo 46, diz Plínio que há violetas de que se fazem capelas que postas em cima da cabeça têm virtude de lançar fora a bebedice.* Viola, ae. Fem.

A primeira flor, que anuncia a Primavera, é a viola branca. Florum prima, ver nuntiantium viola alba. *Plínio, livro 21, capítulo 2.*

E:

Violeta. Simbolicamente. Do significado das violetas, diz Camões na Elegia 7, estança II:

> *Conhecimento firme nunca achei,*
> *Que violetas são.*

No comentário deste dizer do Poeta, diz Manoel de Faria que a razão de se atribuir às violetas a significação do conhecimento é porque se antecipam em dar-nos a conhecer que vem chegando a Primavera, por serem as primeiras flores que a anunciam. No tocante ao epíteto "firme", diz outro intérprete que nas violetas se significa o zombar o amado de quem o ama; e outro acrescenta que as violetas significam débil esperança. De como sempre se desvanecerão as que teve o Poeta, consta do soneto 12, da centúria 2, e o não achar ele firme conhecimento (isto é, uma fé firme) mas antes achar-se deluso pela inconstância de sua amada (que é a explicação de Rinaldo) consta de vários sonetos seus.

Passei a chegar antes dos outros para ficar um tempo sozinho no galpão entregue à penumbra. Recolhia os objetos que iriam contracenar com os atores durante o ensaio e estudava cada um deles separadamente. Que filtros, que combinações poderiam transformar uma cadeira ou uma escada numa coisa viva, necessária à economia do universo? Independente do papel glorioso ou mequetrefe que lhe cabia na trama do espetáculo, cada objeto assumia aos meus olhos o mesmo destino do protagonista da peça — um sobrevivente de outros tempos, que não se rende à sociedade do futuro e se transforma numa espécie de ponte entre o que houve antes e o que haverá depois do século XX.

Nesses minutos em que explorava o galpão sem ninguém por perto, um balde, uma corneta, um capacete de bombeiro, por mais reles e mal acabados que fossem, estavam ligados entre si por uma força mágica, faziam parte de um sistema invisível de vasos comunicantes que conferia a cada pedaço de lata, madeira ou papelão uma coloração própria, uma irradiação secreta, que tocava a mim descobrir e revelar. A mesma atmosfera de fraternidade anônima, física e universal dava o tom às relações da nossa trupe, um bando de gatos-pingados que toda noite — graças a Violeta, Bierezín e Maiakóvski — se convertia numa comunidade viva, dentro da qual eu deixava de ser um reles funcionário da prefeitura e me tornava pintor, cenógrafo e iluminador.

Para fazer graça a Violeta, passei a ensaiar passos de dança — me equilibrava numa das pernas, fingia que ia cair, ela se assustava, subia correndo até lá em cima e acabávamos os dois agarrados na ponta de um andaime, numa acrobacia imóvel. Eu mesmo me surpreendia com as piruetas que era capaz de executar para atrair a atenção de Violeta, mas em pouco tempo já não precisava provocá-la: era ela que vinha por livre e espontânea vontade me visitar, alegre em contar alguma coisa, me chamar para um passeio ou simplesmente esperar pelos ventos que começavam a soprar perto das cinco da manhã.

Uma noite Violeta me contou que no México, quando um vulcão começa a trovejar vários dias seguidos, os habitantes do vilarejo mais próximo vão até um vilarejo vizinho, que também tenha um vulcão por perto, e pedem o seu vulcão em casamento. Na data acertada, os moradores das duas vilas se dão as mãos, entrelaçam fitas e bandeirolas, e formam uma corrente que atravessa quilômetros para unir os dois vulcões.

Fazem isso para que a terra pare de tremer.

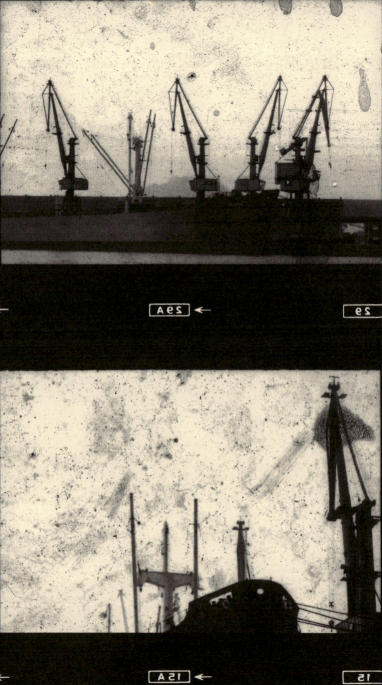

Trepar a onze, doze metros de altura. Ouvir os degraus estalando sob o peso do corpo. Saltar. Saltar para dentro do quartinho suspenso e jogar-se no chão. Rastejar entre as juntas do piso. A madeira. O suor. Escutar os veios se abrindo à passagem do calor. Violeta e eu, eu e Violeta. Experimentar todos os encaixes possíveis. A nuca de joelhos na manta de couro. O pescoço impossível da foca. A cauda verde do pavão. Trepar lá em cima. Estar na mesma altura das chaminés dos navios, da cumeeira dos armazéns, dos sacos de açúcar balançando na ponta de um guindaste, bebendo o ar. Estar na altura do ar. Estar no porão, no convés e no ar. Violeta e eu. Trepar com a música do porto à nossa volta.

"Es temprano, tempranito", ela diz — e se vira para dormir.

OS CANAIS

De madrugada, depois dos ensaios, enquanto Piótri segue com os outros para o Chave de Ouro, meu pai e Violeta saem caminhando pelas ruas, admirando as paredes emboloradas dos casarões e seus desenhos esquisitos. Ele conta histórias de Santos, ela fala de Montevidéu — das lojas, das ramblas, da brisa ensolarada que sopra nas esquinas, dos prédios que parecem esculpidos na areia e pairam tão leves e dourados no entardecer que a cidade por pouco não se desmancha no ar, engolida pelo rio da Prata.

Numa dessas noites ele saca uma lanterna do bolso e aponta para uma esquina soterrada na escuridão. Primeiro lança o foco na sarjeta, na guia de pedra, depois ilumina as marcas no cimento da calçada; daí faz a sombra de uma árvore escalar a parede do sobrado e seu tronco aumentar, crescer e se abrir numa copa densa de folhas e ramagens que o movimento da lanterna arremessa de um lado para o outro, como se a casa fosse uma carga no porão de um navio sacudido pelas ondas. Então no céu as nuvens mudam de cor, o vento zune feito uma zarabatana e as sombras da árvore escorrem pelas frestas da janela para dentro do primeiro andar.

Com um frio na espinha, alguém senta na beirada da cama, os ouvidos em ponta e grita para o lado de fora, *tem alguém aí?* Violeta e meu pai, o coração na boca, disparam pela rua Brás Cubas, cruzam a Campos Sales e a Luísa Macuco e, quando dão por si, estão na Washington Luís, rindo sem fôlego, à beira do canal.

Por alguma razão, a água sempre foi cinza na beira da praia e verde nos canais. Verde ela atravessa a cidade, visita os bairros, embebe as ruas por onde passa dando notícia aos moradores das variações da maré, da altura das ondas, da força e salinidade das correntes, levando e trazendo minúsculos recados, um galho caído, um vidro de remédio, o jornal que embrulha uma coisa imprestável, notícias que partem da cidade para o mar e depois retornam com a maré montante, carregando cardumes de manjubinhas, conchas lascadas, algas, areia e um punhado de caranguejos que resolveu empreender a escalada dos canais em sentido contrário, em direção ao centro, nostálgicos das lagoas que existiram na ilha de São Vicente antes de Saturnino varar seus canais no ano da Primeira Guerra Mundial e drenar os charcos, abrir as terras e dispor a cidade voltada para o mar, uma planície de lama secando ao sol, que deveria ter, no interior de sua baía, a mais bela bordadura de jardins, desenhados expressamente para protegê-la da umidade e do calor excessivos, da maresia constante, das friagens de julho, das tempestades de sal e areia, das ressacas, dos nevoeiros, das trombas d'água que sempre ameaçam brotar no horizonte e podem, de um instante para o outro, submergir a cidade, transformá-la num tremendo aquário, caso não houvesse as grossas comportas de ferro que controlam a entrada das ondas nos canais e, passada a tempestade, giradas as manivelas, erguem-se outra vez para dar vazão às águas e pôr em movimento essa corrente discreta que atravessa a cidade e traz, para quem quiser ouvir, notícias do mar aberto, cardumes de carapaus que nadam longe da praia, investem mar afora, desviam da Moela, onde as águas têm um gosto clandestino de serragem e óleo diesel, e buscam abrigo no paredão das Lajes até que uma corrente boa os traga de volta — mas para uma tartaruga as Lajes são só o início da viagem, uma estação de serviço repleta de alimento e variedade, dali ela pode escolher o rumo a tomar, se embarca nos trilhos da corrente quente que desce paralela à costa e depois se junta à corrente fria das Malvinas, que pode levá-la até o vasto sul do sul da África, e daí ao Índico é somente um pulo, ou se prefere fazer uma volta larga pelo Atlântico. O mais provável é que uma vez no mar profundo, cercada por milhares de toneladas de quilômetros de água que não pesam sobre o seu corpo mais do que a casca de um ovo pesa sobre a clara e a gema que vão lá dentro, ela deixe para trás os terraços e balcões da plataforma e se lance talude abaixo, como alguém que, descendo a Serra do Mar, decide não interromper a viagem na beira da praia, mas segue em frente, cruza a linha de arrebentação e vai descendo, de automóvel e tudo, janelas abertas, passar uma temporada no fundo do mar; assim, atraída pelo chamado de zilhões de outras travessias cuja conta ninguém fez nem fará e por isso mesmo se perdem feito sal na água, a tartaruga levanta a cabeça, fareja o ar e ouve o mugido das ondas quebrando numa praia do outro lado do Atlântico; então mergulha outra vez, envereda por uma série de galerias submersas e, antes de se lançar na travessia, revê as irmãs, copula com os primos e, o coração aceso feito um holofote, se deixa levar para junto das grandes pedras que afundam dezenas de metros no oceano; lá ela namora os corais, os ouriços e outros seres de carapaça que serão, quiçá, seus parentes, mas não se demora junto deles e prefere voltar à superfície em busca de pólipos e anêmonas, se tiver sorte, um manjar de caravelas, ou então simplesmente planar no meio de tantas espécies e vê-las passar, que se para alguma coisa serve durar duzentos, trezentos anos, é para ter no corpo uma outra escala de tempo. A tartaruga sabe disso, aguça a orelha inexistente e parte em busca de notícias: lá no fundo há um agregado de holotúrias, rente à superfície esperneia um cardume de águas-vivas, dez quilômetros adiante rodam famílias de fitoplâncton; a tartaruga toma fôlego, ajusta o batimento cardíaco ao ritmo da corrente e é para lá que ela ruma, contente de saber se virar na extensa jornada das Lajes até as ilhas da África, pois já aprendeu a nadar sem pressa, a dosar os esforços e a saudar a chegada da primavera nas águas profundas, com suas grandes descargas de vida oceânica, essa vida invisível, praticamente infinita, de milhares de minúsculas larvas que ascendem nas colunas d'água, transportadas por gigantescos elevadores marítimos; e passada a primeira metade do Atlântico, tendo nadado sobre as chaminés que expelem vapor diretamente do centro da Terra, e as grandes ossadas de baleia que jazem cercadas por hordas de peixes-bruxa, recobertas por tapetes de bactérias, ela se larga por algumas noites ao vagar marinho. Nessas horas, quem a visse de longe, do convés de uma embarcação, poderia achar que aquilo que boia é só um pedaço de tábua ou a ponta de uma rocha; quem está a bordo ignora que ali, no meio do Atlântico, um destino-tartaruga está prestes a tomar forma, pois dali ela pode torcer para o sul, mesclar-

-se à corrente bruta das Agulhas e escolher para si uma nova rota turbulenta, próxima da Antártida, como pode também seguir em frente, acompanhar a cadeia de montanhas submersas da Namíbia e daí envergar para o norte em busca das águas mornas, além do golfo de Benguela; mas a tartaruga, inteiramente entregue às forças de gravidade do mar, boia indiferente, largada feito uma canoa, uma corda, uma garrafa, ela boia e fareja o mundo ao seu redor. Lá fora uma carapaça cheia de furos pisca acima da sua cabeça; ela vê uma esteira de peixinhos luminosos, eles acendem e apagam, ela fecha os olhos, mergulha, depois emerge novamente e vê a mancha esbranquiçada que se esfarela, parece o leite que escapa da teta escondida dos golfinhos; ela mergulha outra vez e se lembra de uma zona de águas mortas no fundo do oceano, elas se movem tão lentamente que só para trocar todo o estoque de águas mortas do Atlântico levaria mil anos, e mil anos é muito para uma impaciente tartaruga; então tira a cabeça fora d'água e dá de cara com esse outro casco que retorna quase todas as noites, sempre igual, sempre diferente; desta vez ele não arrasta chifres nem galhos, não está comido nas bordas, está inteiro e se espalha no mar alaranjado em muitas direções ao mesmo tempo; a tartaruga espera, logo logo a areia escura vai começar a brilhar nesse outro mar acima da sua cabeça; ela estica o pescoço, uma brisa cheia de furos passa soprando por sua testa, ela toma um susto, alguma coisa quase acontece, só aí repara que, no fim das contas, nem ela nem ele, esse outro casco, têm leite, têm teta, mas os dois estão inchados, inchados a ponto de rebentar, ele e ela, duas calotas rombudas, à deriva, em pleno mar. Não demora, ela entende, seu destino está selado: ela também tem uma carga a entregar — e por um largo instante considera acelerar a batida, recusar o chamado, seguir adiante, recuar nunca.

Não importa o que digam, quer vazar para o norte, trocar de hemisfério e começar outra vez, misturando sua gordura à gordura de outras espécies; mas o calor já forma colunas ao redor do seu corpo e um pequeno colar cintila encravado no seu casco; ela sabe que precisa voltar a tempo, precisa cadenciar o nado antes que seja tarde, antes que a carga caia no oceano ou simplesmente estrague, trancada em seus ovários. Para trás há de ficar o sonho de afundar e se perder nas águas verdes do Cabo, de namorar todo o arquipélago, sorvendo o caldo grosso e amoroso das esponjas, e, quase sem perceber, ela aciona os motores de antigas travessias, faz um giro e nada nove dias para o norte, passa ao largo de Ascensão, quer evitar o golfo da Guiné e logo se vê em águas equatoriais, pronta para embarcar de volta na corrente que avança rumo oeste, onde é bem possível que um dia ela tenha visto, despejados aos montes de um navio, corpos negros, cinza, amarelados, azuis e sem cor, arremessados pelas bordas, carne fresca que vai alimentar bichos de toda ordem, e embora o volume de cada um deles não se compare ao da carne de uma baleia, seu número é tão grande que há muito tempo se acumulam, de um e de outro lado da Cordilheira Dorsal Atlântica, montes submarinos compostos por crânios, fêmures, ilíacos, pilhas de esqueletos fazendo um arco entre a África e o continente americano, bem ali, no meio da passagem, onde o mar está quebrado e ela mesma está quebrada, pois agora sabe que, dessa curva em diante, a vida é uma bacia torta, a água corre toda para um lado e seu destino se concentra num único rasgo — encontrar sua praia, cavar um buraco, depositar seus ovos. Ela estica o pescoço e olha mais uma vez o bando de algas leitosas que se desloca lentamente na linha do horizonte; tem a impressão de que nunca observou com a devida atenção esses seres atormentados, que ora se agitam, ora estacionam acima da sua cabeça — serão comestíveis? Ela arma uma mordida, mas a boca dá em nada, nada da carne tenra de uma anêmona, nada do que ela esperaria de seres tão delgados. A tartaruga dilata as narinas, sente que o ar está cheio de correntezas nubladas e que os penachos de fumaça branca que a acompanharam nas últimas semanas não vão voltar com ela; antes vão subir e se avolumar nos ares; vão resvalar por dezenas de quilômetros até se acumular num único ponto e formar um denso pacote de vapor que ficará pairando na cabeceira do Atlântico. Convocados, os ventos se reúnem na costa da África e, munidos de pás, moinhos, alavancas, cavam grandes pistas, vertiginosas rampas ao longo das quais oscilam a umidade e a temperatura; em seguida, tomando impulso na força de rotação, começam a empurrar as águas de um lado para o outro do planeta. A tartaruga pressente a debandada, sabe que está na hora de se separar, pois suspeita dos ventos que, brotando de um quase nada, se embolam com outros ventos surgidos de lugar nenhum, ventos pífios, sem ponta, mas que juntos atravessam o Atlântico, alcançam os recifes da Flórida, de lá sobem rente à costa e, ao se aproximarem de Nova York, dão com ventos menores que os esperam no mar aberto, na boca do Canadá; sozinhos não são nada, mas juntos formam uma tropa e passam a moer, a sovar, a invadir as praias, os morros, as estradas, até que, exaustos, quando parece que não podem soprar nem mais um milímetro, eles recuam e começam a se propagar em ondas pelo Atlântico, no sentido contrário; um braço varre os Açores e vai esmurrar a beirada de Portugal, onde destelha casas em Nazaré e Figueira da Foz; outro encrespa o mar na Latitude dos Cavalos, cruza o Equador, sacode o Atlântico nas proximidades do arquipélago de São Pedro e São Paulo, onde derruba a torre de rádio e os ninhos de atobás e viuvinhas, e ainda vai virar embarcações no litoral do Espírito Santo e do Rio de Janeiro antes de ralentar e cair, passando de ciclone a vendaval, de vendaval a ventania, daí a lufada, brisa, fresca, aragem — e foi assim, soprando de leve, mas com rajadas de sal, que os ventos entraram de madrugada na cidade, raspando o tronco das amendoeiras, mordiscando os leões de pedra nos jardins da praia, sacudindo a copa dos jambolões (paraíso dos morcegos) e, lançando areia no ar molhado, se meteram entre as casas, vararam os quarteirões e zuniram verdes pelos canais até encontrar aqueles dois que caminhavam de mãos dadas, de volta para o centro.

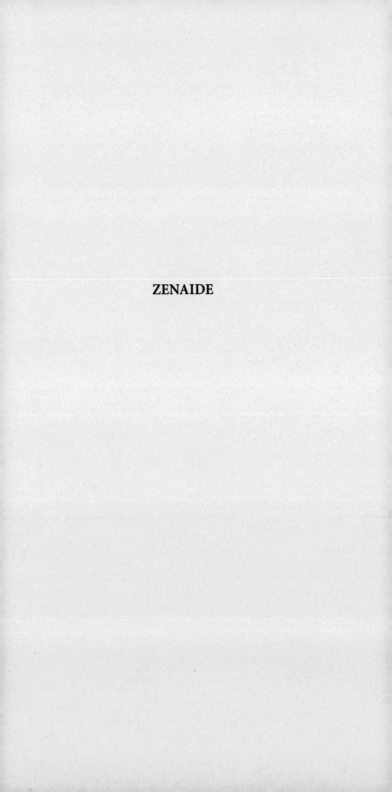

ZENAIDE

Zenaide me esperava no saguão do elevador e se pôs a falar assim que abri a porta. Sabia quem eu era, disse que sempre quisera ter uma conversa comigo, até guardara uma coisa para me mostrar. Sumiu num corredor bem iluminado e voltou com um álbum de fotografias, que pousou a seu lado no sofá. Sobrevoou a vida de casada com duas ou três frases e aterrissou diretamente no pico da juventude, mais exatamente nos seus 24 anos, quando cursava o último semestre do curso de enfermagem e dava plantão quatro noites por semana numa clínica na esquina da avenida Washington Luís com a Carvalho de Mendonça.

Meu pai costumava aparecer nas madrugadas de segunda para terça, ela disse, pois cismava que nesse dia tinha menos movimento. No começo, falavam de cinema, de literatura, do grupo de teatro no qual ele acabara de entrar e como era raro haver uma boa exposição de pintura na cidade. Por algum tempo ela imaginou que ele ia até lá para cortejá-la, mas não foi isso o que aconteceu. Entendi que, para ela, conversar abertamente sobre a sua amizade com meu pai de um jeito leve, sem mágoas, fazia parte do processo de entender o que tinha acontecido.

"Havia pouco trabalho de madrugada, quero dizer, para mim. A clínica tinha também dois enfermeiros homens e um deles cuidava só das lavagens que se faziam na época, nos rapazes. Era um serviço instituído pela prefeitura para prevenir a transmissão de doenças venéreas. O movimento era sempre de madrugada, mas isso acontecia nas salinhas do outro lado da clínica, que tinham entrada pela rua lateral. Eu era poupada disso. Não falei para os meus pais que havia esta seção também ou não me deixariam trabalhar, e trabalhar era o que eu mais queria naquela época. Do meu lado da clínica até que não tinha tanto para fazer, de vez em quando uma sutura de emergência, eu era boa mesmo em limpar ferimentos e dar pontos cirúrgicos. Sempre gostei de limpar feridas e suturar. Estranho, não é? A primeira vez que seu pai apareceu na clínica foi para me emprestar um livro, Thornton Wilder, acho, não lembro. Nós já nos conhecíamos um pouco, mas depois ele pegou o costume de aparecer pelo menos uma vez por semana, sempre de madrugada. Nessa época o pessoal comentava, *o Raul está meio fora do ar*. Eu respondia, *pudera, ele mora a dez metros de altura!* Mas a verdade é que ele andava mesmo fora do ar. Só que era ótima companhia.

Nessa época seu pai vivia como se Santos fosse outra cidade, não o rame-rame de sempre, uma cidade feia, que exala suor e apatia. Para ele era outra coisa, uma espécie de Veneza inventada, sei lá. Ele andava obcecado por canais. Lembro que uma vez encontrei seu pai e uma moça parados na calçada da Washington Luís. Eles estavam voltados para o canal, de costas para a rua, por isso não me viram, e olhavam a aguinha rala lá no fundo como se estivessem admirando um aquário. Ela parecia cantarolar alguma coisa, mas era difícil de entender."

"Eu ainda o vi algumas vezes depois disso, mas então passou um tempo sumido e quando voltou a aparecer já estava diferente, era praticamente outra pessoa. Seu pai mal parava em pé de tão bêbado. Tinha perdido o emprego na prefeitura, o teatro não existia mais, ele não tinha dinheiro nem lugar para dormir. Tomava um pifão e vinha dormir na clínica feito um indigente qualquer. Eu arrumava um leito para ele, dava glicose, monitorava os sinais e deixava ele dormindo; como eu saía cedo, pedia pro pessoal acordá-lo lá pelas nove, dar um cafezinho e colocar na rua. Foi um período estranho, por um lado, eu achava horríveis aquelas bebedeiras intermináveis, parecia um homem que estava perdendo a alma; por outro, me sentia muito próxima dele nessas horas."

"Um dia, quase um ano depois, quando tudo isso já tinha passado, eu estava noiva e nem trabalhava mais na clínica, ele passou por lá, deixou este desenho e pediu que me entregassem" — e de dentro do álbum ela extraiu uma folha de papel de seda dobrada e, de dentro dessa folha, outra folha de papel na qual uma delicada linha azul, ligeiramente trêmula porém bastante precisa, retratara um rosto de mulher. "Ele já tinha me dado muitos livros antes disso, mas nunca um desenho, embora eu soubesse que ele desenhava bastante naquela época. Esse desenho foi a última coisa que ele me deu. Talvez fosse um agradecimento, talvez uma despedida. Talvez um pedido, não sei. Não sei mesmo." Ela ficou um tempo calada, depois me perguntou à queima-roupa: "Você acha que sou eu ou Violeta nesse desenho?".

Olhei de relance para o seu rosto macilento, salpicado de ruge, e desviei os olhos para a janela. Estava escuro lá fora e na linha do horizonte brilhava uma fileira de pontinhos luminosos que replicavam a cidade no alto-mar. O que ela me pedia era impossível. Eu não tinha visto nenhuma foto de Violeta, nem Gastão me dera qualquer descrição de sua figura. Fiz como se não tivesse ouvido a pergunta e esperei que ela mudasse o rumo da conversa. Mas Zenaide apenas manteve a folha com o desenho estendida à minha frente, a interrogação cravada na face e, nos vários segundos que se seguiram e durante os quais nenhum de nós pronunciou uma palavra, tive uma sensação esquisita, como se minha anfitriã estivesse pouco a pouco me convertendo em fantasma.

Entrei no elevador atordoado.

A vida de meu pai já parecia um rolo de filme que escapou da bobina; agora, por uma reação química curiosa, os fotogramas tinham se desprendido do celuloide e se espalhavam no chão da sala. Se eu tentava reuni-los e organizar em sequências, no fundo de cada imagem brotavam riscos, sujeiras, que borravam a composição e distorciam a história toda. Onde encaixar Violeta? Onde Zenaide? Onde o álcool, Bierezín, Maiakóvski? E enquanto o elevador arrancava aos solavancos, e eu me via despencar através da velha porta pantográfica, me ocorreu que o melhor que eu podia fazer era continuar do lado de fora, esperando.

Mas bastou pisar na rua, comecei a pensar diferente.

O que eu não tinha contado a Zenaide é que, se não fazia ideia da figura de Violeta, eu conseguia imaginar muito bem a sua voz — e quando cruzei a avenida que me separava dos jardins da praia e pus os pés no calçadão, entendi que precisava escrever esta história (mesmo que o seu desenho inteiro me escapasse) enquanto a voz de Violeta soava claramente em meus ouvidos.

A INTERVENÇÃO

Quando voltei a procurar Gastão, ele havia separado para mim um romance e uma pilha de jornais. O romance era *Agonia da noite*, o segundo volume de *Subterrâneos da liberdade*, de Jorge Amado, que deixei para ler depois. O que me interessava naquele momento eram os jornais. Eles traziam uma série de reportagens sobre o porto de Santos, começando em março de 1946, três semanas antes da chegada de Violeta e Bierezín.

A Tribuna, quinta-feira, 7 de março de 1946

Acontecimento inédito em nosso porto ocorreu no paquete espanhol Cabo de Buena Esperanza *da Companhia Ybarra. Os estivadores de Santos recusaram-se formalmente a trabalhar a seu bordo e adotaram essa atitude como manifestação de protesto contra a política do generalíssimo Franco.*

O gesto dos trabalhadores da estiva teve forte repercussão na cidade. Debalde, tentaram demovê-los dessa atitude. O presidente do Sindicato dos Estivadores entrou em entendimento com eles, porém a recusa foi geral, mostrando-se intransigentes todos os estivadores designados para as operações de carga e descarga no Cabo de Buena Esperanza. *E os demais estivadores, solidários, não se mostraram dispostos a contrariar a atitude dos companheiros, de maneira que o barco espanhol permanece imobilizado no porto, com os porões fechados.*

Mais abaixo, sob a rubrica "Os estivadores na redação de *A Tribuna*":

Uma delegação de cem estivadores, aos quais se juntaram alguns doqueiros, esteve ontem, à noite, nesta redação. Explicaram que o seu gesto de recusa de operar no navio Cabo de Buena Esperanza *e em outros barcos espanhóis que aqui escalarem foi adotado espontaneamente, como protesto veementе contra "a onda de fuzilamentos que se verifica na Espanha de Franco".*

Na sexta-feira, 8 de março, sob a manchete "Não trabalharão em navios de bandeira espanhola os estivadores de Santos", a última página de *A Tribuna* fazia um resumo dos acontecimentos e comunicava a posição da estiva de "não trabalhar em qualquer vapor que atracasse em nosso porto sob bandeira espanhola".

A coluna da direita reproduzia o telegrama enviado ao presidente da República:

Exmo. Sr. General Eurico Gaspar Dutra
D.D. Presidente da República
Palácio do Catete — Rio de Janeiro

Estivadores Santos reunidos grande assembleia vem junto presidente da República pedir imediato rompimento relações diplomáticas com governo fascista de Franco saudações

Sindicato dos Estivadores de Santos

A matéria fechava com a informação de que o *Cabo de Buena Esperanza* sairia do porto nesse mesmo dia, às 5 horas da tarde, "sem carregar nem descarregar qualquer mercadoria".

Não havia nenhuma menção à greve nas edições de sábado e domingo, mas na de terça, 12 de março, encontrei um sumário atualizado, que reproduzo aqui em linhas gerais:

— em assembleia no domingo, dia 10, o Sindicato dos Estivadores reafirmou sua posição de não trabalhar em navios de bandeira espanhola;

— a União Geral dos Sindicatos dos Trabalhadores de Santos emitiu um manifesto dirigido aos "Aos trabalhadores e ao povo da cidade", apoiando a decisão tomada;

— em razão da greve que se prolongava desde o último dia 7, outro vapor da Cia Ybarra, o *Cabo Prior*, carregado com 3 mil barris de azeitonas, esperava ao largo, sem possibilidade de atracar;

— o Ministro do Trabalho veio à cidade para encontrar-se com os estivadores e convencê-los a descarregar a nave espanhola; sem sucesso, prometeu retaliação.

Fui surpreendido pela manchete da quarta-feira, 13 de março: "Bombeiros estão descarregando o *Cabo Prior*". Ilustrada com fotografias e ocupando quase três quartos de página, a reportagem informava que cerca de cem bombeiros, trazidos da capital, encontravam-se na cidade para efetuar a descarga do vapor espanhol. O repórter havia acompanhado o trabalho de perto:

> Os "soldados do fogo" penetravam nos porões, iniciando o trabalho de desestiva, outros manobravam os guinchos e os guindastes, enquanto os demais procediam ao arranjo e desmancho das lingadas, e transportavam as mercadorias para o armazém, uma vez que os doqueiros, solidarizando-se com os estivadores, também se recusaram a trabalhar.

E prosseguia:

> Causou impressão o aparato militar nas imediações, pois, como se vê pelo clichê que ilustra esta notícia, até uma metralhadora foi montada. As autoridades policiais receavam, pelo visto, uma atitude

agressiva por parte dos trabalhadores portuários. Entretanto, manda a verdade que se reconheça que, até agora, os trabalhadores santistas vêm encaminhando seus movimentos grevistas debaixo de serenidade e calma, não tendo havido atos de violência.

Concluía com uma nota informativa:

O serviço de policiamento no cais está sendo efetuado por um grupo de choque da Polícia Especial e 40 soldados do 6º BC da Força Policial, sob o comando de um oficial dessa milícia.

Levei algum tempo para entender que BC queria dizer Batalhão de Caçadores.

À medida que manuseava a pilha de jornais velhos, guardados durante tanto tempo por Gastão, sentia pequenas agulhadas nas mãos, como se houvesse minúsculas farpas de vidro cravadas entre as folhas de papel. Comprei luvas de enfermagem, mas meus dedos suavam demais debaixo daquela pele de plástico e lembrei que poderia encontrar os mesmos jornais no arquivo da *Tribuna*, talvez em melhores condições.

A sala de consultas parecia bastante agradável. Ficava nos fundos do prédio, colada a um galpão onde se enfileiravam rotativas abandonadas, antigas demais para rodar qualquer jornal. Gostei de ver aquela sequência de cilindros escuros, silenciosos, que talvez tivessem imprimido eles próprios as páginas que eu ia pesquisar. Os jornais, agrupados por décadas, estavam armazenados em grandes mapotecas; em cima de uma delas, sobre uma larga prancha de madeira, me esperava a resma de março de 1946.

Recebi um par de luvas, uma máscara antipoeira e me lancei à leitura.

Depois daquela matéria extensa sobre os bombeiros descarregando o *Cabo Prior*, praticamente desapareceram as notícias sobre o porto. Enquanto as primeiras páginas da *Tribuna* acompanhavam diariamente as tratativas de França, Grã-Bretanha e Estados Unidos para estabelecer algum tipo de sanção ao governo de Franco (cuja cooperação com o fascismo e o nazismo a essa altura era um fato inegável), não se via rastro da greve na própria cidade.

Um bonde da linha 19 descarrilara nas proximidades da Bacia do Macuco, o Cassino de São Vicente remodelava suas instalações e a boate do Grande Hotel do Balneário anunciava a fabulosa orquestra de Luiz Roblero, vinda diretamente de Buenos Aires. Uma reportagem especial, intitulada "Biografia de uma pérola", ocupava duas páginas da edição de domingo contando "o nascimento, a vida e a morte das pérolas, arrebatadas das profundidades do mar em dramática luta pelos homens" — no centro, uma foto e a legenda: "Nativo pescador de pérolas, prestes a arrojar-se nas águas do Pacífico". O folhetim *A filha do condenado* era objeto de comentários na seção "A Carta do Leitor". Havia também notícias de interesse geral, como um alerta sobre as enchentes no Vale do Ribeira, o uso dos quadrimotores

Constellation nas linhas da Panair e Pan American, que reduziam a 13 horas o tempo de voo entre Miami e o Rio de Janeiro, e a existência de 580 brasileiros que vagavam perdidos em território italiano desde o fim da Segunda Guerra Mundial. No Cassino do Guarujá ultimavam-se os preparativos para a chegada do tenor mexicano Ortiz Tirado. Um cardeal visitou a cidade e foi recebido pelo prefeito. Um navio do Lloyd, de volta de uma viagem à Amazônia, trazia para o aquário da Ponta da Praia "esplêndidos exemplares da fauna daquela região: um tracajá, dois aperemas, 25 tartarugas imperiais e dois poraquês".

A muito custo encontrei umas linhas informando que doqueiros e ensacadores também apoiavam a decisão de não trabalhar em navios espanhóis.

Em meados de abril, as águas voltaram a se agitar.

Escoltado por navios de guerra da Marinha Brasileira, o cargueiro espanhol *Mar Caribe* aproxima-se de Santos. Milhares de fardos de algodão estão armazenados no porto, à espera de serem embarcados para Barcelona. Produz--se então um fato inédito: a Delegacia do Trabalho Marítimo faz publicar no jornal uma intimação para que os estivadores compareçam no dia seguinte, às 7 horas da manhã, diante do Armazém 12 da Companhia Docas, para operar os trabalhos de carga e descarga do *Mar Caribe*. E ameaça: "O não comparecimento acarretará processo como incurso na lei de Segurança Nacional".

Quem assina a intimação, à maneira de um antigo capitão do mato e exercendo idêntica função, é o Capitão dos Portos.

Seguem-se os nomes de 41 estivadores.

No dia seguinte, dos 41 convocados apenas quinze compareceram ao Armazém 12.

Aqui preciso fazer uma pausa.

Já tinha passado algumas tardes no arquivo da *Tribuna* copiando à mão as notícias de maior interesse, quando me dei conta de um cheiro forte, acre, que provavelmente se devia à mistura de naftalina e pesticida que um funcionário espalhava nas gavetas para prevenir brocas, fungos e cupins. O curioso é que esse cheiro persistia não só no ambiente, mas passou a andar comigo, colado nas minhas roupas como se fosse uma cortina invisível que, por muitas horas, apagava os outros cheiros e tirava o sabor de tudo o que eu comia.

No final da primeira semana tive um surto de tontura, senti dormência na ponta dos dedos, e decidi abandonar aquela sala e voltar para os jornais de Gastão. Na mudança, posso ter perdido algumas anotações e feito confusão com as datas mas, se não estou enganado, foi nesse momento que entrou em cena a Polícia Marítima.

"Seu pai acreditava que se você se entrega a uma coisa sem falsidades nem mentiras, e faz isso 24 horas por dia até que ela se torna tão natural e verdadeira quanto o fato de que o sangue carrega oxigênio para os pulmões, então é inevitável: uma coisa igualmente verdadeira tem de brotar da vida e vir ao seu encontro. Para ele essa coisa se chamava Violeta."

De uma conversa com Zenaide.

O que veio ao encontro da cidade de Santos foi algo bem diferente. Com a recusa em descarregar o navio espanhol, desencadeou-se em terra firme — na faixa do cais, na zona contígua da Boca, nos morros e nos bairros mais afastados onde moravam muitos dos estivadores que participaram da greve — uma onda de cercos e prisões que se estendeu pelos meses seguintes, virando o ano. Muitas vezes era a própria Companhia Docas a dar aos policiais o nome e os horários de seus empregados para que fossem apanhá-los em casa ou no trabalho. Em alguns casos eram interrogados diretamente nos escritórios da Companhia; noutros, levados para um casarão sombrio na Praça dos Andradas, onde a Polícia Marítima conduzia os interrogatórios por semanas a fio.

A Polícia Marítima — isso me explicou Gastão — tinha sido criada em 1892 com a função de reprimir o contrabando no porto de Santos e sua área de atuação era o mar. No entanto, após os movimentos grevistas de março-abril de 1946, isso mudou, e seu objetivo real passou a ser a repressão violenta, sem nenhum tipo de freio, a qualquer reivindicação de autonomia dos trabalhadores na cidade.

Logo um grupo de quinhentos homens, selecionados pelo porte físico avantajado, foi transferido do corpo da Polícia Especial de São Paulo para compor o Pelotão de Choque da Polícia Marítima. Patrulhando ostensivamente o porto e outras áreas da cidade, abordando, prensando, prendendo e mandando bater, o poder da Polícia Marítima quadruplicou. No ano seguinte, com Adhemar de Barros no governo do Estado, a brutalidade da PM atingiu um novo patamar de violência. Nessa época, todos os círculos da cidade sabiam que a Polícia Marítima não prestava contas a ninguém, seu comandante se entendia diretamente com o governador e mandava muito mais do que o prefeito.

Se me demoro nesse assunto da Polícia Marítima é porque ela retorna com frequência nos depoimentos que encontrei, copiados à mão e presos com clipes enferrujados, entre as últimas páginas dos jornais da pilha de Gastão. Entendi que eram transcrições de entrevistas realizadas na metade da década de 1980, com vistas à publicação de um livro. Quem transcreveu as fitas onde foram gravados esses relatos fez um trabalho heroico, mas mesmo assim havia muita coisa truncada. Seja porque a memória dos entrevistados começava a falhar, seja porque as fitas tinham mastigado pedaços inteiros de frases, a verdade é que muita coisa ali só se compreendia pela metade — nomes e lugares se misturavam, e eu mesmo passei a confundir as datas à medida que nas entrevistas (dadas cerca de quarenta anos depois dos acontecimentos) velhos portuários que participaram da greve de 46 afirmavam que foram presos novamente em 64. Isso teria mesmo acontecido ou eles estavam misturando as coisas? Tratava-se de um lapso ou havia realmente uma conexão sinistra entre 1946 e 1964?

Comecei a achar que sim quando me deparei com uma referência ao *Raul Soares*, o navio-prisão que chegou a Santos após o golpe militar de março-abril de 1964 e ficou à disposição do Capitão dos Portos, fundeado junto a um banco de areia no meio do canal. Por fora, era guardado por uma lancha dos Fuzileiros Navais; por dentro, pelas metralhadoras da Polícia Marítima.

O *Raul Soares* tinha três calabouços.

O El Morocco era um salão completamente revestido de metal, que ficava ao lado da caldeira. Não tinha luz nem ventilação e a temperatura ali passava dos cinquenta graus. Era considerado o mais agradável de todos. O Night and Day era uma sala pequena onde o preso ficava com água gelada até os joelhos. O lugar onde eram despejadas as fezes dos prisioneiros era chamado de Casablanca.

Os últimos presos deixaram o *Raul Soares* no domingo 25 de outubro de 1964. Na semana seguinte, ele foi rebocado para os estaleiros da Marinha de Guerra, no Rio de Janeiro, onde foi desmontado por maçaricos e transformado em sucata. Calcula-se que pelo seu interior tenham passado quinhentos presos políticos, submetidos a vários tipos de tortura, mas é impossível ter certeza quanto ao número, pois não existe nenhum registro ou reconhecimento oficial do que ocorreu no interior do navio. Os arquivos da Polícia Marítima foram destruídos em 1968, quando ela foi integrada à Guarda Civil do Estado de São Paulo. Dois anos depois essa Guarda foi incorporada à Polícia Militar do Estado e a documentação que restava sobre a Marítima foi parar nas mãos de um oficial reformado da Polícia Militar.

Retorno ao protesto contra Franco, em abril de 1946.

Com a recusa dos estivadores em trabalhar nos navios espanhóis, bombeiros e policiais carregaram o *Mar Caribe* de algodão. Nos dias que se seguiram, multiplicaram-se pela cidade almoços e jantares de homenagem aos "valorosos soldados do fogo" e autoridades municipais endereçaram ao Ministro da Guerra um abaixo-assinado solicitando que o Batalhão de Caçadores (que fora deslocado de sua base em Ipameri, Goiás, e para lá deveria retornar em breve) permanecesse para sempre na cidade de Santos.

O documento, assinado também por nomes da Igreja e dezenas de cidadãos importantes, está redigido em termos tão constrangedores que me envergonha reproduzi-lo aqui.

Apesar de tudo, o Batalhão regressou a Ipameri.

Então os signatários do abaixo-assinado mudaram de estratégia. Agentes de companhias de navegação, gerentes de firmas exportadoras, representantes do sindicato dos corretores de café, diretores de clubes de futebol, advogados, jornalistas, vereadores, senhoras da Associação Cívica Feminina e da Liga Católica vieram a público protestar contra o furto de cargas na cidade e pedir, com urgência, "segurança na área do porto". Por fim, o presidente do Sindicato Nacional dos Vigias de Cargas Marítimas tomou a palavra num longo, enfático e maçante artigo na *Tribuna* que deixava tudo às claras: a cidade exigia a destinação de mais recursos à Polícia Marítima para que esta pudesse "cumprir a sua missão".

Foi esse clamor cívico que resultou na formação do Pelotão de Choque da Polícia Marítima em agosto de 1946, e
não é difícil perceber a ação da Companhia Docas de Santos por trás de todo esse teatro. Pouco depois, as Docas, que
não tinham se pronunciado abertamente sobre o assunto,
recompensaram *A Tribuna* por seu engajamento na campa-
nha com vários anúncios de página inteira que devem ter
rendido uma dinheirama aos donos do jornal.

Com outra roupagem, os mesmos acontecimentos que relatei aqui estão presentes em *Agonia da noite*, de Jorge Amado. Deixando de lado o que há de esquemático e dirigido nessa obra, me atraiu o fato de ele ter colocado, no centro de sua trilogia, a recusa dos estivadores de Santos a operar um navio. No romance, escrito na Tchecoslováquia no início da década de 50, ele recua o episódio cerca de nove anos, faz a greve no porto ser declarada logo após o golpe de novembro de 1937, que instaura o Estado Novo, e transforma o navio espanhol em barco alemão a serviço de Hitler, ostentando na popa "o odiado trapo, a bandeira imunda, o estandarte abjeto" do nazismo.

Na ficção, esse deslocamento é legítimo. Fora dela, cabe lembrar que o escritor, então deputado pelo Partido Comunista, esteve de fato no cais de Santos, discursando para os estivadores em greve, naquele momento em que o voto dos portuários tinha peso decisivo na política nacional.

Até hoje a greve da estiva contra o regime de Franco é tema de debate entre os historiadores, que discutem se o movimento foi totalmente dirigido pelo Partido Comunista ou se foi um desdobramento da cultura de solidariedade, própria da dinâmica interna do movimento social no porto. Leonardo Roitman, num depoimento ao Centro de Memória Sindical em 1980, dá como antecedente o caso de um fugitivo espanhol que embarcara clandestino em seu país e foi descoberto no alto-mar. Quando o navio atracou em Santos, as autoridades queriam devolvê-lo à Espanha, onde seria certamente fuzilado. Os trabalhadores do porto se mobilizaram em peso, cotizaram-se para pagar advogados e conseguiram impedir sua deportação.

Esse episódio se deu pouco antes do protesto contra os navios espanhóis, e para Roitman, que assistiu à assembleia que votou pela greve, está na sua raiz. Não sei muita coisa a respeito, mas me parece que, qualquer que tenha sido o impulso maior da greve de 1946, trata-se de um acontecimento fora do normal, que enche de assombro quem nasceu em décadas posteriores e encontrou uma cidade desmemoriada, invisível para si mesma.

Gastão atravessava uma crise de gota e não tinha ânimo para conversas. Passei dias enfurnado nos jornais, entremeando sua leitura com a trilogia de Jorge Amado e os depoimentos dos velhos grevistas — mas saía de lá cada vez mais desolado, com a sensação de estar caindo num buraco. Agora eu tinha um quadro razoável do que havia acontecido na minha cidade, mas ainda não conseguia entender como tudo aquilo se relacionava à malograda aventura artística de um grupo de teatro — e entre o que diziam os jornais, o que pintava a ficção e o que realmente aconteceu no porto, na vida de meu pai e na de milhares de outras pessoas das quais não existe registro nenhum, percebi que havia mesmo uma infinidade de buracos.

Fora os canais a céu aberto, pouca coisa restou da cidade que meu pai conheceu nos anos 40. O Chave de Ouro, depois de muito resistir, vendeu sua mobília *art nouveau* para o restaurante do ITA, em São José dos Campos, reiterando que os aviões tinham mesmo levado a melhor sobre os navios.

Eu sabia disso por histórias de família.

Na minha infância, os hotéis da praia se ressentiam não só da proibição do jogo, mas também das ausências cada vez mais prolongadas dos grandes transatlânticos e suas gorjetas abundantes. Entendi que, no setor de cargas, o estrago veio com os contêineres, que foram usados pela primeira vez no porto de Santos em 1966. Para o negócio do entretenimento, as consequências foram desastrosas. Tripulações inteiras que antes, enquanto durava a operação de um navio, podiam ficar semanas em terra firme perambulando na vizinhança do cais e usufruindo dos seus prazeres, agora permaneciam três ou quatro dias na cidade, às vezes nem isso. Não por acaso, o Samba-Danças, que tinha esquentado a noite santista durante a década de 50 e boa parte da 60, fechou as portas em 1969. Desde então os contêineres estiveram sempre na ofensiva.

Embora eu não me desse conta disso na época, aqueles dez quarteirões de vida noturna já estavam irremedia-
velmente condenados quando os conheci. Fileiras de casas
e quintais, imponentes edifícios, ruas inteiras e até mesmo
uma larga porção do cemitério do Paquetá viriam abaixo
nos anos seguintes para dar lugar a pilhas de retângulos de
ferro corrugado colorido, repletos de pneus, mochilas, re-
lógios, rádios-despertadores, lanterninhas e todo tipo de
bugiganga.

No final da década de 80, a Aids se entocou na zona
portuária com uma tenacidade impressionante e nos anos
90 a prefeitura montou na região um programa pioneiro,
que monitorava de perto os dependentes de drogas pesadas
e evitou que a doença se alastrasse ainda mais — porém,
àquela altura, o centro de Santos já chamava a atenção em
escala mundial como um caso alarmante de saúde pública.

Na Xavier da Silveira não restava um traço do antigo
esplendor. Esperei até que um caminhão terminasse de
despejar farelo na rua deserta, e entrei no único bar aberto
àquela hora da tarde e pedi um café. Enquanto aguardava
junto ao balcão verde-azinhavre, duas moças se aproxima-
ram. A prostituição, claro, tinha sobrevivido. Marimbas e
saxofones, nem pensar.

Cansado do mau humor de Gastão, tentei voltar para o arquivo da *Tribuna*, mas não consegui permanecer ali mais de uma hora. Saí andando sem rumo pelas ruas do centro, e de repente me peguei subindo e descendo a General Câmara, comparando a numeração antiga com a recente, zanzando em busca de um velho galpão abandonado e de tudo o que imaginei ter sido um dia, no centro de Santos, uma bela arquitetura.

Acabei me lembrando de Zenaide e resolvi procurá-la. Talvez ela tivesse outras histórias para contar.

Mas, sentado no sofá, diante de uma Zenaide que, ao contrário da disposição demonstrada na visita anterior, parecia ignorar deliberadamente o motivo da minha presença e repassava comigo as páginas de seu álbum de família (ela com os amigos na formatura do curso de enfermagem, ela e o marido na lua de mel em Bariloche, ela com o marido e o cunhado num sítio em Ribeirão Pires, ela com dois cachorrinhos), acabei ficando zonzo, nauseado. Ou aquela mulher não ouvia a minha voz, ou achava minhas perguntas descabidas, ou fazia aquilo tudo de propósito — e me senti despedaçado e sozinho como um homem do futuro, trancado num laboratório, tentando restaurar a trilha sonora de um filme mudo.

Um fotograma.

Debruçada na mureta do canal, Violeta parece cantarolar em voz baixa. Para quem? Tanto pode ser para o meu pai como para a copa das árvores, para o chão manchado de frutinhas roxas de jambolão ou para as águas azuis, aprisionadas a milhares de quilômetros de distância, sob camadas de gelo polar.

A PULGA

Quando comecei a escrever este livro sabia quase nada da primeira metade da vida do meu pai, da cidade onde ele morou e eu nasci. Por isso mesmo a verdade não me importava tanto, estava pronto para mentir, exagerar, enxertar trechos de uma vida na outra e distorcer, remendar e preencher a qualquer custo as lacunas da memória de Gastão e Zenaide, meus interlocutores. Mas agora que me aproximo do fim não sinto vontade alguma de trapacear. Nunca me encontrei com Gastão nas tardes de sexta-feira numa mesa de canto do El Morocco. Sempre nos encontramos aos domingos pela manhã, primeiro, no seu estúdio-quitinete no edifício Ipê, no Gonzaga, e, nos últimos tempos, na casinha da rua Pasteur 114, quase soterrada por uma crosta de galhos e folhas de abacateiro que ele não recolhia nunca.

Numa dessas visitas, ele tirou da gaveta uma pasta amarfanhada e me deu para ler a cópia de um prontuário policial. Nele se lia que Gastão Zamarrenho Frazão, natural de Santos, de profissão comerciário, tinha sido preso, a mando do Departamento de Ordem Política e Social, em 15 de abril de 1964, "para averiguação", e que em 9 de maio foi interrogado pelo delegado de polícia Antonio Carlos de A. Ribeiro, na presença do escrivão Geraldo Dias da Silva, o qual lavrou o seguinte termo:

Que, efetivamente, o declarante pertenceu ao Partido Comunista do Brasil, durante o período em que este esteve na legalidade; que o declarante ingressou no partido, porque viu renascer com ele, após a guerra, uma esperança nova; que, melhor dizendo, o declarante via no Partido Comunista a possibilidade de, com pontos de vista novos, contribuir para a solução dos problemas brasileiros, de ordem social; que, o declarante deixou o partido, porque verificou que, com ele, iria ter outros aborrecimentos, em sobrecarga aos de ordem particular; que, perguntado pela Autoridade se possuía alguma convicção ideológica, respondeu: "as coisas não podiam estar como estavam, nem como estão"; que, o declarante, ex-

plicando o seu pensamento, acredita que o governo novo, instalado com poderes excepcionais, adotará medidas concretas, objetivando a realização da máxima, que vem resistindo aos tempos, e segundo a qual o pobre deve ser menos pobre e o rico menos rico; que, assim o declarante se situa, em face do movimento revolucionário atual, numa posição de expectativa otimista; que, o declarante jamais pertenceu a qualquer outro partido, que não o Comunista, e, na época citada; que, depois que deixou o partido, o declarante jamais teve qualquer militância política, sendo certo, porém, que se recorda vagamente de haver comparecido a pelo menos uma reunião do centro de petróleo, para a qual fora convidado; que, pode adiantar que compareceu a essa reunião, como mero espectador; que, de nenhuma outra coisa recorda-se o declarante de haver participado. E mais não disse.

(Prontuário nº 5209)

No domingo seguinte, Gastão deixou escapar que tinha partido dele a sugestão de encenarem a peça no salão de festas do Grêmio dos Portuários. O Coliseu e o Rádio Clube tinham a programação fechada, e lhe pareceu uma boa ideia, naquele momento em que os sindicatos do porto estavam sob intervenção federal, promover algum tipo de reação e montar a peça de Maiakóvski num clube de trabalhadores.

"Uma ingenuidade monstro", digo a ele. Se os sindicatos estavam fechados, se havia uma perseguição a tudo que cheirava de leve a União Soviética ou comunismo, estava claro que a peça de um poeta russo com atriz e diretor russos não ia passar desapercebida. Gastão ficou um instante calado, depois disse, "estavam todos tão envolvidos, tinham colocado tamanha energia nos ensaios, não dava para perder aquela oportunidade, e no fim das contas, era só uma peça de teatro, não era nada além disso. Eu tinha contato com os sindicatos, então, quando veio a ideia, eu disse, por que não? Por que não apresentar *A Pulga* no Grêmio Recreativo dos Portuários?".

Meu pai pediu uns dias de licença no trabalho para montar o palco, preparar as luzes e o cenário, mas lhe negaram a licença. Ele foi assim mesmo: trocou o paletó por um macacão e se transferiu de mala e cuia para o salão de festas do Portuários. Algum tempo depois recebeu da prefeitura uma notificação de abandono de emprego. A peça ia estrear na próxima semana, ele não fez nada. Nesse período, só trabalhava, ele e um ajudante, noite e dia. O resto do grupo continuou a ensaiar no galpão. Ele não via praticamente ninguém. Gastão foi visitá-lo uma tarde e o encontrou pendurado num andaime, comendo um sanduíche. O ajudante tinha saído para telefonar. Conversaram um pouco, ele parecia feliz — disse que naquele salão o desenho dos cenários ia ficar ainda melhor. Então o ajudante voltou e os dois recomeçaram a passar cabos elétricos de um lado para o outro. No dia seguinte chegou um segundo aviso da prefeitura, ele não se importou. A essa altura achava que a peça ia fazer carreira, se não em Santos pelo menos em algum teatro da capital, e assim, cedo ou tarde, ele ia mesmo ter que pedir demissão.

Meu pai esteve com Violeta, Bierezín e os outros atores do grupo pela última vez na quarta-feira 7 de maio de 1947, o dia em que foi cassado o registro legal do Partido Comunista. Havia um clima de apreensão na cidade, sobretudo nas proximidades do porto, mas *A Pulga* tinha estreia marcada para a sexta e eles decidiram tocar em frente.

A peça estava anunciada para as nove horas. A polícia começou a chegar no fim da tarde. Carrearam barris com lixo para o meio da rua e puseram fogo. Atrás dos barris montaram uma linha de metralhadoras. Com a rua e o quarteirão isolados, ninguém entrava nem saía. Meu pai tinha ficado do lado de dentro do Grêmio, ele e meia dúzia de associados. Às oito a polícia invadiu o clube, apreendeu os cenários, quebrou os holofotes, carregou a fiação. Bateu em quem estava por perto, mas só prendeu aqueles que resistiram.

"Teu pai", disse Gastão, "levou uns cascudos e passou uns dias no xadrez, poucos. Os outros amargaram mais. Ele saiu logo porque, na ficha do espetáculo, ao lado do nome de cada ator aparecia o nome do personagem que ele fazia no palco — e esses nomes eram todos russos. Para a polícia era o equivalente a uma confissão. Ao lado do nome do teu pai estava só 'cenografia e iluminação.'"

"Teu pai passou uns dias na cadeia da rua São Francisco, menos de uma semana, mas saiu de lá arrasado. Bierezín e a sobrinha estavam presos no Rio de Janeiro, foi o que disseram a ele. Quando saiu da prisão, se abalou até o Rio. Não conseguiu apurar nada. Uns diziam que Piótri e Violeta tinham sido deportados de volta para a Rússia, outros que tinham seguido para os Estados Unidos. Aqui em Santos, numa noite de bebedeira, um cabo da Marinha jurou que tinham sido lançados, grogues, da amurada de um navio em alto-mar, na altura da ilha de Alcatrazes. Teu pai fez o que pôde, perguntou a Deus e o mundo, mas nunca conseguiu descobrir o paradeiro dos russos. Aí sim, ficou cadavérico e fora do ar. Não tinha mais o teatro, não tinha o emprego na prefeitura, não tinha nada. Eu fiz o que me pareceu melhor na época, um tratamento à base de álcool. Toda noite, por quase dois meses, íamos para o meu quarto e eu o incentivava a tomar um porre. Era só isso que a gente fazia. Eu lia em voz alta e ele entornava. Todas as noites por mais de cinquenta dias. No começo ele ainda dormia no meu apartamento, mas era apertado demais, então, quando ele estava prestes a capotar, eu o levava para a clínica onde Zenaide dava plantão nas madrugadas e ali ele ficava até de manhã. Fizemos isso por mais de dois meses, acho, todas as noites. Nessa época, li muito Tolstói e Dostoiévski para ele — os *Karamázov* inteiro, *O idiota*, *Humilhados e ofendidos*. Sempre os russos. Não só porque ele estava com os russos na cabeça, mas porque só os russos conseguem ser ao mesmo tempo trágicos e ridículos, e ser ridículo, ser risível, às vezes é o que nos salva em situações difíceis."

Meu pai morreu em 1989, com 75 anos. Gastão aos 97, em 2012. Pouco antes disso, Zenaide me chamou para mais uma conversa.

"Pode parecer asneira ou capricho chamar você aqui para dizer que hoje, quando penso no Raul, é quase sempre com alegria. Vira e mexe, se me pego contente com alguma coisa, ou por nada, acabo pensando nele. É como se houvesse, sei lá, uma espécie de transferência de alegria na memória, estranho, não é? Já pensei sobre isso. Talvez seja porque quando uma pessoa ficou nua na sua frente, quero dizer, não só de corpo, quando ela ficou nua completamente, até a alma, e tão frágil quanto ele estava naquela época, é difícil você não se apaixonar e sentir amor em algum plano — amor por essa pessoa, por você mesma, pela condição humana. Não sei. E se não é amor é um tipo de dó, uma dor tão profunda que acaba se esgarçando e fica só uma gaze, uma parede fininha que acaba te aproximando daquela pessoa mais que você de você mesma. Naquele tempo eu dizia dor; hoje, engraçado, me parece mais alegria. Só quando estou alegre penso nele, no resto do tempo esqueço, esqueço tudo, verdade — curioso, lembro muito de alguns detalhes. Um paletó marrom, sujo de vômito. Raul não andava sem aquele paletó marrom, mas uma vez ele chegou, estava fedido demais. Tive que mandar lavar. De manhã, não queria ir embora sem o paletó. Ligaram na minha casa; então peguei escondida um paletó no armário do meu pai; não era igual, mas tinha o mesmo jeitão. Ele não notou a diferença ou não se incomodou. Saiu vestindo o paletó marrom. Uns quatro ou cinco dias depois, eu troquei os paletós de volta. Ninguém percebeu. Eu me sentia muito próxima dele. E outra coisa: não era um bêbado agressivo, nunca foi. Era muito mais do tipo triste, que parece pedir desculpas por estar vivo e desaba lentamente. Era nesse estado, em geral, que Gastão o entregava para mim. Já tínhamos até um sinal combinado: Gastão batia numa janelinha e eu ia recebê-lo na calçada. O pessoal da clínica fazia brincadeiras, caçoava e pegava no meu pé. Diziam sempre 'Lá vem o seu bêbado!'. Como pelos padrões da época ele era considerado um homem bonito — tinha alguma coisa de Clark Gable, que no fundo eu achava um canastrão, me atraía mais o tipo espadachim-aventureiro do Errol Flynn —, espalharam que eu estava 'cevando para casar'. Mas a verdade é que naquela época eu não pensava nisso, não a sério, pois já tinha um namoro, fiquei noiva logo em seguida. Só penso nele agora, e nos momentos de alegria. É estranho, não é?"

PÓS-ESCRITO

Em dezembro de 2017, cerca de setenta anos depois dos acontecimentos aqui narrados, fui de carro a Montevidéu. No último dia quebrei a viagem em Las Piedras, um balneário da costa leste do Uruguai. A ideia era só esticar as pernas, atravessar as dunas e ver o mar. Um mar novo, mais frio, provavelmente mais salgado, e que eu imaginava povoado por baleias, golfinhos, leões-marinhos. Ventava forte — areia grudenta no meio dos dedos, a pele raspando nas tiras da sandália. Tentei avançar descalço, mas a vegetação também era diferente: mais áspera, cheia de pequenos cactos e espinhos. O jeito era procurar uma rota alternativa. À esquerda e à direita o campo de areia se estendia por quilômetros, alternando valetas, morros, depressões. Lá no fundo avistei minúsculas figuras a cavalo. Então era a cavalo que as pessoas atravessavam aquele jundu. Olhei melhor, e logo adiante me pareceu ver uma trilha estampada na areia grossa. Patas de cavalo. Resolvi tentar. Avancei bem por quase dez minutos. De repente, do nada surgiu um casal de quero-queros. Quando vi, um deles já mirava a toda velocidade a minha testa enquanto o outro, que dera uma rasante à esquerda e tinha sumido do meu campo de visão, agora guinchava atrás de mim esperando o momento de cravar o bico na minha nuca — e durante os poucos segundos que durou o cerco à minha cabeça, os quero-queros entupiram os meus ouvidos com seus estridentes gritos de alarme.

NOTA

Todas as matérias de jornal citadas no fragmento "A intervenção" reproduzem fielmente textos de imprensa da época. As informações referentes ao navio-prisão *Raul Soares* foram extraídas de testemunhos e depoimentos publicados. As fotografias deste livro são de autoria de Alberto Martins e foram captadas no porto de Santos na década de 1990; elas foram posteriormente digitalizadas e tratadas por Cynthia Cruttenden.

SOBRE O AUTOR

Escritor e artista plástico, Alberto Martins nasceu em Santos, SP, 1958. Formou-se em Letras na USP em 1981, e nesse mesmo ano iniciou sua prática de gravura na ECA--USP. Como escritor publicou, entre outros, os livros *Poemas* (1990); *Goeldi: história de horizonte* (1995), que recebeu o Prêmio Jabuti; *A floresta e o estrangeiro* (2000); *Cais* (2002); *A história dos ossos* (2005), segundo lugar no Prêmio Portugal Telecom de Literatura; *A história de Biruta* (2008); a peça *Uma noite em cinco atos* (2009); *Em trânsito* (2010), menção honrosa no Prêmio Moacyr Scliar de Literatura 2011; e *Lívia e o cemitério africano* (2013), Prêmio APCA de Melhor Romance do Ano. *Violeta: uma novela* compõe uma série com *A história dos ossos* e *Lívia e o cemitério africano*.

Este livro foi composto em Minion
pela Franciosi & Malta, com CTP da
New Print e impressão da Graphium
em papel Pólen Natural 80 g/m² da
Cia. Suzano de Papel e Celulose para a
Editora 34, em abril de 2023.